네루다의 종소리

이홍섭 시집

네루다의 종소리

달아실시선
84

달아실

보조 용언과 합성 명사의 띄어쓰기 등 본문의 맞춤법은 시인의 의도에
따른 것임.

시인의 말

돌이켜보니, 존경과 사랑이 넘칠 때 시도 충만했던 것 같다. 한동안 시를 쓰지 못하면서 내 속에 넘치던 존경과 사랑이 다 어디로 사라져 갔을까에 대하여 깊이 참구했다.

시집을 엮는 내내 경포호수 습지에서 만난 적이 있는 자주색 가시연꽃이 자꾸만 생각났다. 꽃이라기보다는, 나 여기 살아 있다고 외치는 주먹손 같았던 가시연꽃. 그 작은 꽃이 온몸에 가시를 두른 것이 참으로 처연했다.

2024년 가을
이홍섭

차례

네루다의 종소리

2부

3부

1부

네루다의 종소리

본 적 없는 시인의
첫 시집 해설을 쓰다가 문득
네루다의 종소리를 들었다

그는 칠레에서
나는 한국에서
비슷한 나이에 시를 쓰기 시작했고

심한 멜랑꼴리에 빠지면서도
살아 있다는 것의 기쁨을 노래했다

첫 시집의 종소리는
발끝을 간지럽히는 어여쁜 파도 같은 것

첫 시집을 낸 시인은
자나깨나 네루다를 호명했는데
태평양 건너까지 그 소리가 들렸을지 모르겠다

그가 사랑한 칠레의 바닷가에

이제 그는 없고, 태평양을 건너온 파도만이
지금 내 발밑에서 철썩인다

첫 시집 해설을 쓰다가 문득
네루다가 사랑한 바닷가의 종소리를 들었다

사리

하늘에서 내려온 사리를 봉안한 낙산사 공중사리탑 탑
비의 비문에는 사리의 신묘함을 기술하면서 먼 옛날 한
여인의 가슴에서 나온 사리 이야기를 예로 들고 있는데,
탑을 참배할 때면 정작 하늘에서 내려온 사리보다 이 여
인의 가슴에서 나온 사리 이야기가 더 가슴을 저미는 거
라. 이 여인은 배를 타고 오가는 상인과 정을 맺었으나 뜻
을 이루지 못하고 병들어 죽었는데 화장을 하고 나니 가
슴에서 배에 올라탄 형상을 한 푸르고 빛나는 구슬이 나
왔던 거라. 뒤늦게 도착한 상인이 그녀의 아버지에게서 이
사리를 건네받고 하염없이 눈물을 흘렸는데 그 정인의 눈
물이 닿자 사리는 그제야 부서져 내렸던 거라. 지금으로
부터 사백여 년 전, 낙산사 하늘에서 내려온 영험한 사리
를 봉안하며 세운 탑비에 굳이 이름 모를 한 여인의 가슴
에서 나온 사리 이야기를 새긴 분의 가슴에는 어떤 형상
의 사리가 자라고 있었던 건지, 이 이야기에 합장하는 내
가슴에는 또 어떤 형상의 사리가 자라고 있는 건지.

김민기

오늘은
김민기의 부음이 전해진 날

시인보다
더 시인처럼

파꽃보다
더 파꽃처럼

소년 하나가
털레털레
아침 동산을 넘어간 날

무영탑

노스님 가신 지 삼 년

부도에 삼배 올리고
개울가에 쪼그려 앉아 담배 한 대 피우고
털레털레 내려오는 길

스님은 절을 올리고
나는 그 마당에다 탑을 올렸으나
하늘과 땅 사이에
그림자 하나 없다

먼 훗날
한 산골 나그네가 이 골짜기에 들면
하늘 한번 보고
땅 한번 보고
다음과 같이 노래하리

절골에 절이 없고
탑골에 탑이 없다

제비

삼 일 내내 한 됫박 피를 쏟고
세 달여 병원 세 곳을 돌다 돌아와 보니

처마 밑에 제비가 집을 짓고
우편함 위에 하얀 똥을 가득 싸놓았다

오래전에 도착한 편지와 엽서들
개봉하지 않은 시집들
밀린 공과금 통지서들과 카드 대금 연체 경고장들

내가 돌아오지 않았으면
영영 제비똥 속에 묻혀버렸을 인연, 인연들

제비가 물고 갔을
그 수북하고도 하얀 빚들

약藥과 독毒
— 제비 2

나는 너무 극과 극을 오가며 살았다

도시에서는 신문기자
산속에서는 유발상좌

약보다 독을 더 많이 마셨다

아침부터 연미복을 갖춰 입고
세간을 둘러보는 제비 한 마리

극과 극 사이로
약과 독 사이로

사이 없는
사이 사이로

멋지게 활강하는 애픈 스승이여

제비 3

최종 진단까지
남은 시간은 열흘하고도 이틀

세 개의 병원을 돌아
지구 세 바퀴를 돌아
이제 남은 시간은 열흘하고도 이틀

제비는 돌아오고 있을까
제비꽃은 필까

상급병원 주차장에서
미뤄둔 담배를 한 대 한 대 피우며
차례차례 불러보는 이름

　제비꽃, 병아리꽃, 가락지꽃, 오랑캐꽃, 앉은뱅이꽃, 시
름꽃……

　돌아와 컴퓨터를 열고
　채 지우지 못한 편지들을 지우고

채 보내지 못한 편지들을 지우고

이번 생의
마지막 시집 한 권을 엮을 수 있을까
그마저 포기하고

다시금 불러보는
그 많은 이름, 그 많은 사연

　제비꽃, 병아리꽃, 가락지꽃, 오랑캐꽃, 앉은뱅이꽃, 시
름꽃······

제비 4

최종 병명은 원인불상

약 한 봉 처방받지 못했지만
병원을 떠도는 사이 졸지에 흥부가 되었다

제비는 떠나가고

나는 박씨를 기다리는 흥부가 되어
복권방이나 기웃거리는 건달이 되어

사방 흉년에

타들어가는 제비꽃

제비 5
— 아들에게

물찬제비처럼 살아라

때로는 물에 젖더라도
물에 젖어
날아오르지 못할 때가 찾아오더라도

물찬제비처럼 살아라

흙탕물이면 어떠랴
험한 급류면 또 어떠랴

물찬제비처럼 살아라

두려워 말고
눈치보지 말고

날개를 활짝 펴고
두 발로 물을 박차고 올라

너의 세상에서

아들아, 물찬제비처럼 살아라

호박

아픈 몸 이끌고 찾아간 시골 약국 담벼락 아래 호박이
실하다

이 세상을 다 쌈 싸 먹어도 남을 것 같은 너른 호박잎이며
이 세상을 다 밝히고도 남을 것 같은 노란 호박꽃처럼
살지 못한 삶이 비루하다

호박처럼 펑퍼짐하게 살지 못한 삶이 애틋하다

어머니가 꾼 태몽이 들판에서 누런 호박 하나를 딴 것
이라는데
내 불효의 넝쿨은 사방팔방으로 뻗어가 끝이 보이지 않
는다

손

바다 위로 손 하나가 불쑥 떠오른다

불굴의 삶을 살았던 노스님이 응급실로 실려 가며 손을
흔드신다

화장장에서 어머니가 외할머니의 손을 잡고 우신다

바다 위로 손 하나가 불쑥 떠오른다

깃발처럼, 섬처럼 떠올라 펄럭인다

산 자와 죽은 자의 안부를 묻고 있다

가을

산의 주인은 나무와 새들
산속 절간의 주인은 잿빛 승복의 사내들

나는 붉게 물들지 못하는 청단풍이었다

서 있는 곳에서
주인이 되지 못하면
늘 배가 고픈 법

산을 내려올 때면
삼겹살집 앞을 지나가지 못했다

내설악, 그 환한 단풍나무 숲을 지나와도
내 몸은 붉게 물들지 못했으니

끝 모를 허기는 채울 수 없었으니

가을하고도
아주 허한 가을이 오면

나는 늘 삼겹살집 앞을 서성이곤 했다

명왕성冥王星

나의 본명은 명왕성

한때 태양 주위를 도는
아홉 번째 행성이었으나
지금은 그 이름을 잃어버렸지

까까머리 사춘기
어느 날 아버지는 스스로 빛을 거두었고
태양을 돌던 나는
영원히 궤도를 잃어버렸지

내 몸은 더 이상 자라지 않았고
내가 가는 길은
늘 궤도를 이탈했어

수금지화목토천해명……
수금지화목토천해명……

돌이킬 수 없는 길

다시는 부를 수 없는 노래

그날 이후
발이 땅에 닿지 않았던 까까머리 사춘기는
어디까지 왔을까

삶과 죽음을 물으며
가출과 출가를 오가며

남대천 갱변에 꽂아놓았던
반쯤 마시다 만 사홉들이 경월 소주병은
지금쯤 어느 바다에 닿고 있을까

나의 궤도는
너의 궤도는

사십구재

　법당 안에서는 노스님이 떠나가는 영가를 배웅하고
　법당 추녀 밑에서는 막내딸이 떠나가는 영가를 붙잡고
있다

독고
— 문재 형

강물이 멀리 흘러
산을 휘감아 돈다

산진수회처
산진수회처

외로움은 끝이 없어
섬 하나를 만드네

백비白碑

죽을 때까지 시를 써서 얻는 게 있다면
아마도 죽음을 순하게 안을 수 있게 되는 것이리라

때로는 게으르기도 했지만
그래도 몸과 마음을 꾸겨 넣으며 한 송이 종이꽃이라도
피우려 했던 것
내가 사랑했던 가난을 향해
그게 바닥인 줄 모르고 기어가기도 했던 것

마침내 모든 언어가 사라지고 백비 하나 우뚝해지면
죽음도 차라리 순해지리라

2부

첫눈이 말하다

첫눈이 말한다
당신이 무엇을 잃어버렸는지

첫눈이 와서
첫눈으로 돌아가면서 말한다
당신이 무엇을 잃어버렸는지 생각해봐

첫눈이 첫눈을 뜨며 말한다
지금 내리는 눈도 첫눈이라며

당신이 무엇을 잃어버렸는지
똑똑히 보라고, 다시 돌아갈 수 없는 첫눈에 대하여
다시 돌아갈 수 없는 사랑에 관하여

첫눈이 말한다
당신이 무엇을 잃어버렸는지

들국

경포호숫가

들국이 와서
들국을 만들었네

가난하지만 이쁜 나라
들국을 만들었네

들국은
내가 사랑하는 사람이 좋아하는 꽃
내가 사랑하는 사람의 책상 위에 놓인 작은 왕국

경포호숫가, 들국이 와서

가난하지만
이쁜 나라를 만들었네

코스모스는 슬프다

산을 깎아 막 캠퍼스를 조성한 지방대학교 교정에는 갓 심어놓은 나무들이 목발을 짚듯 삼각다리를 짚고 있었다. 땅거미가 지면 과자 봉지를 들고 묘둥지에 올라 경월소주를 들이켰다. 어느 날 여자 선배가 좁은 길을 걸어 등교를 하다 버스에 치여 죽었고, 나는 슬픔 가득한 조시를 썼다. 남들은 나라를 구하는 조시를 쓰고 있었으나, 나는 강원도 산골짝 지방대생의 비애도 알아줬으면 하는 마음이 간절했다. 그 슬픔이 멀리 경포 바다에 잠길 때쯤 몰록 가을이 와서 앞산 뒷산이 단풍으로 붉게 물들자 청춘들의 마음도 괜스레 싱숭생숭해졌는데 아무리 캠퍼스를 둘러봐야 마땅히 사진 한 장 찍을 곳이 없었다. 이를 가엽게 여기신 조경사 어르신께서 도서관 앞 진흙밭에 코스모스 씨를 확 뿌려놓았는데, 그분께서도 산을 깎아 만든 교정의 흙이 얼마나 좋았던가를 짐작하지 못하셨던 거라. 코스모스는 하루가 다르게 옥수수처럼 쑥쑥 자라 마침내 우리 키를 넘게 되었다. 우리는 그 장대 같은 코스모스 앞에서 멋쩍게 사진을 찍고는 했는데, 나는 그때 이후로 코스모스가 하늘하늘하다는 표현을 잃어버렸다. 코스모스만 보면 슬픔이 무장무장해지고, 내 흘러간 청춘이 마른 옥수

수 대궁 같아서 먹먹해지곤 했다.

등

1

남대천 다리 밑 포장마차에 낯익은 등 한 분이 홀로 앉
아 있었다

집으로 가기 위해서는
대관령 칼바람을 가로지르는 다리를 건너야 했다

포장마차는 막 홍싯빛으로 물들어갔지만
아버지의 등은 미동도 없이 점점 더 잿빛으로 짙어만
갔다

2

컴컴한 극장 안에 낯익은 등 한 분이 섬처럼 앉아 있었다

열 명 남짓, 저마다 섬처럼 앉아 있는 극장 안에는
조조 영화가 무료하게 돌아가고 있었다

까까머리 사춘기는 오랫동안 등을, 아니 큰 섬 하나를

바라보다가
　몰래 극장을 빠져나와 경포 바다로 달려갔던가

　아버지가 병가 휴직 중이었다는 사실은 먼 훗날 알게
되었다

모자母子

얼굴이 까맣게 죽은 보살 한 분이 산속 노스님을 찾아와 울먹이며 하소연하길, 큰스님, 지는 그만 죽고 싶습니더. 글쎄 애지중지 키운 외아들이 드디어 사법고시에 올라 집안에 화색이 돌았는데, 그만 이 아들놈이 자기는 어려운 사람들을 돕는 인권변호사가 되겠다고 하고, 높은 자리에 있는 남편은 아들보고 검사가 되라고 하고, 여러 날 둘이 원수처럼 싸우더니 그만 아들놈이 집을 나가버리고 말았습니더. 그때부터 남편은 저에게 애미가 자식을 잘못 키워서 그렇다고 날마다 구박을 해대니, 큰스님요, 저는 어쩌면 좋겠습니꺼.

노스님은 눈물 콧물 다 짜내는 보살을 가만히 보시더니 말씀하시길, 원래 크게 된 놈들은 다 집 나간 놈들이니 너무 걱정 마이소. 예수도 석가도 다 집 나가서 성인이 된 거 아니것소 보살님. 아드님도 다 크게 될라고 집 나갔으니 마음 편히 가지이소. 보살님도 아들 키울 때 매일같이 큰 놈 되라고 했을 거 아닙니꺼. 큰 놈 되겠다는데 무슨 걱정입니꺼.

노스님 말씀을 다 듣고 난 보살은 얼굴에 화색이 돌면서, 큰스님, 정말 그렇네요, 큰스님 말씀을 우리 남편이 들었어야 하는디, 그런데 큰스님, 우리 아들놈이 정말 안 돌아오면 어쩌지유, 그러면 전 진짜 못 살아유.

능경봉

서울에 처음 갔을 때
서울과 싸우려 했네

힘들면
지친 멧돼지처럼
지하에서 웅크리고 있었네

저기 대관령, 능경봉, 용수골

대관령은 높고
용수골은 깊기도 하지

길 잃은 멧돼지 한 마리

오늘은 백두대간을 흐르는
능경봉을 타네

봉평도서관 개관 기념 시낭송회

봉평면사무소 곁, 메밀꽃예식장 곁, 군립 봉평도서관

또래의 시인들이 모여 시낭송회를 하는데
참으로 간만에 시의 밤이었다

비로봉 산행 다녀온 군수님도 부랴부랴 참석하시고
도서관 뒤편 성당의 수녀님도 시 한 편 낭송하시고

시가 뭐냐고 물으면 늘 답이 없지만
시의 그늘만 칠흑 같지만

해 지면 갈 곳 없는 이 작은 마을에서
어른 아이 할 것 없이 오순도순 시에 귀를 여는 밤도 있
는 거라

도서관 뒤란의 키 작은 은행나무도
좋아라 우수수 금싸라기를 떨어뜨리는 날도 있는 거라

신사임당과 요구르트 아줌마

국민학교 5학년 봄이었던가. 신사임당 동상 앞에서 열린 미술대회에 나갔다가 태어나 처음으로 요구르트를 맛보았다. 신사임당이 근엄하게 내려다보는 작은 공원에서 살색 옷과 살색 모자를 쓴 아주머니가 아이들 사이를 오가며 생전 처음 보는 음료를 나누어 주었는데 그 색깔 또한 살색이어서 그 맛 또한 살색 같았다. 어머니는 멀리 계셨고, 잔소리 많으신 할머니가 계신 집으로는 일찍 돌아가고 싶지 않았다. 요구르트 아주머니가 분주히 오가던 그 살색의 작은 공원에 오래 머물고 싶었다. 그날 이후 신사임당 동상을 보거나, 신사임당 초상화를 볼 때면 무엄하게도 그날의 요구르트 아줌마가 먼저 떠오르는 것은 어쩔 수 없는 일이었다.

빙어

배 타고 들어가던
섬 안의 절 같았던 청평사 초입

한 젊은 여성 시인이
빙어를 거꾸로 잡고
초고추장을 휘휘 저었다

속이 투명하던 빙어와
사방팔방으로 튀던 초고추장과
여성 시인의 붉은 입술

집도
절도
빙어도 삼켜버린 자리

돌아가고 싶은
시와 청춘의 그 자리

춘천

봄내, 봄은 오는가

작은 섬들이 모여 큰 섬이 된 춘천

죽고 싶은 자는 동쪽 바닷가에 민박을 잡고
살고 싶은 자는 춘천 강변에 무인텔을 잡으리

믹스커피도 한 잔 마시고
에로영화도 한 편 때리고

해 질 무렵, 창문을 열면
거기 떠도는 섬 하나 다가오리

섬의 문을 열고 들어가면
그 안에 또 하나의 섬이 흐르고

그 섬의 문을 열고 들어가면
또 하나의 섬이 흐르고

봄내는 그렇게 내봄이 되는 거야

새살이 돋지, 살고 싶어지지

울음

초저녁잠에 들었다가
꿈속에서 한참을 울었다, 깨어났는데도
눈물이 개울처럼 흘렀다

꿈속에서 운 것이 서러워
참대나무처럼 한참을 더 울었다

맨드라미

살아갈 날들이, 지금까지 살아온 날들 같다면
이렇게 길게 목을 빼고 서 있지는 않겠지요

난설헌 허초희가 뛰어놀던 담 밑에서
온몸에 소름을 뿜어내는 맨드라미 한 송이

살아갈 날들이, 지금까지 살아온 날들처럼 그늘 깊다면
담 너머 세상을 본들 무엇하겠어요

해가 져도 마냥 서 있기만 한 그림자 하나

야유회

부모님 따라 간 시골 학교 야유회

민물매운탕을 끓이던 아저씨들이
이쁜 고기들을 하나같이 골라내시는 것이었다

아홉 살 까까머리는 고개를 갸우뚱거리며
왜 이쁜 고기를 골라내느냐고 물었다

아저씨들은 마치 서로 입을 맞춘 듯
이쁜 고기는 독이 있다고 말했다

까까머리는 그 이쁜 고기들을 하얀 고무신에 받아
다시 개울에 풀어주기를 반복했는데

그날 이후 이쁘다는 것, 아름답다는 것은
슬픈 것, 아픈 것이라는 생각을 하게 되었다

비 온다

문밖에서 고양이 한 마리
웅크리고 있다
세차게 내리는 빗줄기를 세고 있다

문안에서 나는
웅크린 고양이 너머
세차게 내리는 빗줄기를 세고 있다

너도
나도
갈 데가 없다

정선

할 얘기가 많은데, 동강은 길기만 하네

할 얘기가 많은데, 뼹대는 높기만 하네

사랑을 그르친 죄, 적벽으로 말은 달리고

못다 한 사랑의 말, 가슴을 그으며 흰 새가 날아가네

할 얘기가 많은데, 할 얘기가 많은데

꽁치

나는 꽁치가 좋다
하얗고 길쭉한 사기그릇에 담긴 홀로됨이 좋다

횟집에 가서도
나는 꽁치를 먼저 찾는다

꽁치에게는
날것의 비애도
가시지 않는 비릿함도 없다

어디서 왔는지
어디로 가는지 묻지도 않는

지금 내 앞에 놓인
이 매끈한 홀로됨이 갸륵하다

선시禪詩

한 사내가 와서 자꾸만 도망간 자기 여자를 내놓으라
한다
여자를 본 적도 없는 남자는 자기 불알이라도 까 보이
고 싶다

선시 운운하는 시인을 보면 문 앞에서 징징대는 그 사
내 같다

벚나무의 침묵

벚꽃 지니
벚나무는 다시 침묵을 꽃 피운다

어두운 밤
나는 그 침묵을 읽으려
벚나무 숲길을 간다, 벚꽃 피고
벚꽃 지는 사이에
당신은 어디에 있었던가

이 컴컴한 침묵을 두고
당신은 어디에 있는가

묵묵부답의 숲길을 걸으며
금방이라도 터져버릴 것 같은 침묵의 숲길을 걸으며
홀로 묻는다

당신은 어디에 있는가

패랭이꽃

자꾸만 보고 싶은데
조금만 보려 한다

챙 넓은 모자로도 못 가리는
내 삶이 부끄러워

그대를 보고 싶지만
아조 아조 조금만 보려 한다

하늘의 벌레

하늘이 가까운 정선골에서는
누에를 하늘의 벌레라 한다
그래서일까, 누에는 아기 잠을 잘 때
머리를 하늘로 치켜들고 입을 뾰족이 내민다

천 년 동안 되풀이한 저 지극함이, 간절함이
지금 앞산의 뽕잎을 푸르게 한다

초당 순두부

초당 순두부는 초당에 가서 먹어야 합니다
가는 길에 연한 풀로 엮은 집 한 채를 지어야 합니다

눈으로 먼저 먹어도 좋습니다
눈으로 먹고 배가 부른 적도 많습니다

살다가 열목어처럼 눈이 뜨거워지면
연하디 연한 풀로 집 한 채를 지으며 초당으로 갑니다

초당 순두부는 초당에 가서 먹어야 합니다

숭어

한계령 오르는데
앞서가던 횟집 차에서 숭어 한 마리가 푸드득 튀어 올
랐다

일순, 나뭇잎들이 일렁이고
첩첩한 산들의 이마에 핏줄이 섰다

등 뒤에서 파도치는 소리가 들려왔다

어미소와 송아지

정선하고도 동강변의 한 비알밭에
어미소 한 마리와 송아지 한 마리가 풀을 뜯고 있었습
니다

심심하기 짝이 없던 송아지가 어미소를 보채자
어미소는 뒷발로 슬그머니 송아지를 밀어냈습니다

송아지는 서러운 듯 동강을 한참 내려다보다가
다시 돌아와 어미소를 또 보채기 시작했습니다

어미소는 또다시 뒷발로 슬그머니 송아지를 밀어내고
송아지는 또 어미소 주변을 맴돌며 보채기를 반복했습
니다

내가 이번 생애에서 만난 가장 평화로운 하루였습니다

추색秋色

길옆에 누운 풀들이 천천히 숨을 내쉬며 퇴비가 되어가
는 내음새같이

어려서 출가한 노스님의 빛바랜 목탁에서 나는 내음새
같이

늙으신 어머니, 어머니의 몸에서 나는 내음새같이

강릉의 일몰

남들은 해 뜨는 강릉을 좋아한다지만
나는 해 지는 강릉을 더 좋아하네

해 지는 강릉에는
아픈 아버지와
텅 빈 캠퍼스, 웃자란 코스모스와
오도 가도 못하던 지방대생이 있고

해 지는 강릉에는
신문지를 깔고 자던 용산역 재수학원과
용산역 광장에 두고 온 한 여인과
터벅터벅 걸어서 건너던 한강대교가 있고

해 지는 강릉에는
시인이 되고 싶었던 청맹과니와
어두운 밤길을 함께 걷던 노스님과
생사에 대한 간절한 질문이 있고

해 지는 강릉에는

늙으신 아버지와
보살이 다 되신 어머니와
어리디어린 아들이 있고

해 지는 강릉에는
오늘도 대관령 산자락을 붉게 물들이는
해 지는 강릉이 있네

골목길

작은댁 막내 아저씨는
고등학교를 갓 졸업한 조카의 손을 끌고
골목을 헤집어 어느 우중충한 지하 술집에 데려갔다

자욱한 담배 연기 너머에서
밴드부 출신의 막내 아저씨가 장발의 친구들과 기타를
연주했다
아저씨가 갖다준 과일 안주는 고봉밥처럼 높았다

골목길을 빠져나올 때까지 세 번을 토했다
나이 들어도 이곳에는 다시 오지 않으리라 다짐했다

작은댁 막내 아저씨는 소식이 끊겼고
지하 술집도 문을 닫은 지 오래되었지만
나는 토사 가득한 그 골목길을 여전히 빠져나오지 못했다

지금은 밴드의 연주 대신
연변 출신의 아가씨가 노래를 부른다

중국노래를 들으면 아편 냄새가 난다

등대 2

멀리서 보면 아름다운 불빛이지만
가까이 다가가면 한 마리 어두운 짐승이다

내장이 터져나가는 울음을 두 손으로 막으며
오로지 불빛, 불빛으로만 당신에게로 간다

나는 밤바다보다 더한 짐승이다

3부

햇봄

이른 아침, 노스님과 도량을 둘러볼 때였습니다. 공사
를 위해 임시로 파놓은 물고랑에서 청개구리 한 마리가
연신 뛰어오르려 애쓰는 것을 보았습니다. 극락보전 뒷산
에서 이곳까지는 천릿길이었을 텐데 청개구리는 무슨 힘
이 남아 있는지 뛰어오르는 것을 멈추지 않았습니다. 노
스님은 "요놈 참 대단하네. 요놈 참 대단하네. 요 작은 놈
이 온 산에 봄을 부르는구나"라고 연신 탄복하셨습니다.
노스님도 입적하시고, 산을 내려온 지도 오래되었지만 그
손톱만 한 청개구리는 여전히 물고랑에서 폴짝폴짝 뛰며
햇봄을 부르고 있습니다.

연꽃등

저잣거리로 내려온 연꽃등 따라가면
산 넘고 물 건너
소슬한 집 한 채와
큰 귀를 늘어뜨린 노인 한 분 계시니

이 연꽃등 따라가면
아리따운 아내와
눈에 넣어도 안 아픈 갓난아이를 남겨둔 채
오만가지 생각 데불고
휘적휘적 집을 떠나는 한 젊은 사내가 있으니

연꽃등 따라
산 넘고 물 건너가면

모를 일

내 단골 술집 중 한 집은 육해공 안주가 다 나오는데 그 중에서도 광어, 도다리 회가 일품이다. 바닷가 횟집도 아닌데 회를 써는 솜씨가 비범하여 어느 날 한가한 틈을 봐서 주인장을 모시고 여쭤보았더니, 자기는 원래 소를 잡는 백정이었는데 아들 학교에서 아비의 직업을 물어오면 어떡하나 하는 걱정에 아들이 초등학교에 입학할 때 백정을 그만두었다고 했다. 목숨을 해하는 것을 피하고 싶지만 목구멍이 포도청이라 어쩔 수 없이 지금 이 일을 하고 있다며, 그래도 백정을 할 때보다는 한결 마음이 편하다고 했다. 횟감을 육고기처럼 도톰하게 써는 솜씨가 보통이 아니다 싶었는데 역시나 했다. 그런데 며칠 후 또다시 방문했을 때 주인장께서는 둘둘 말은 화선지 한 장을 갖고 오더니 선뜻 나에게 주시는 것이었다. 펼쳐보니 정성들여 쓴 한문 반야심경이었다. 주인장은 아버지가 생전에 쓰신 글이라며 아버지께서는 글을 할 줄 아셨고, 절에도 자주 머무셨다고 덧붙이고는 얼굴이 잠시 붉어졌다. 신기한 것은 내가 산속에서 한동안 노스님을 모시고 살았다는 얘기를 이 주인장한테 한 적이 없는데 이 반야심경 두루마기가 어떤 인연을 거쳐 나에게 흘러왔냐 하는 것이었

다. 집으로 돌아와 두루마기를 다시금 펼쳐보니 단정하게
만 보였던 글씨체가 어느덧 간절한 글씨체로 새롭게 살아
났다. 참으로 모를 일이었다.

요로코롬 동그라미

어린아이처럼
방바닥에 배를 붙이고 누우신 노스님께서
가까이 와서 앉으라 이르시더니

하얀 종이 위에다 동그라미 하나를 그리시고는
중은 요로코롬 왼쪽으로 돌고
속인은 요로코롬 오른쪽으로 돌고
그러나 끝에 가서는 또 요로코롬 만나게 되는 거고, 알
았재

중은 요로코롬 이 길을 가며 버리려 애써야 하고
속인은 요로코롬 반대 길을 가며 얻으려 애써야 하고
그러나 또 끝에 가면 요로코롬 만나는 거고, 알았재

노스님은 연방 발바닥 두 개를 부딪치며
요로코롬 동그라미를 그리셨다

법명 받던 날

유발상좌로 노스님을 모신 지 십여 년. 칠흑 같은 밤에 방으로 부르시더니 큰 잔으로 곡차 한 잔을 쭉 들이키신 후 붓을 들어 전법게를 써주시며 법명을 주셨다. 삐뚤삐뚤, 쓰다가 틀리면 가위표를 친 뒤 다시 쓰시곤 하셨지만 오래 생각해놓으신 듯 긴 한자 전법게를 무사히 다 쓰시고는 뿌듯한 표정으로 낙관을 꾸욱 찍으셨다. 그러고는 곡차 한 잔을 더 들이키신 후 한숨 쉬듯 말씀하시길, 대중이 모이는 큰 법당에서 이걸 주면 다들 너를 시기 질투할 터이니 오늘 너와 내가 주고받는 것으로 끝내자, 알았재. 노스님 입적하시고, 그 많던 시기 질투도 모두 사라지고 덩그러니 홀로 남은 법명을 되새기는 밤. 삐뚤삐뚤한 글씨며 한지 끝자락에 묻은 곡차며 칠흑 같은 내설악 골짜기를 빠져나가던 한숨이며 모두모두 애틋해지는 밤.

취모검 날 끝에서
— 곡哭 오현스님

일평생 취모검 날 끝에서 삶과 죽음을 견주시더니
이제는 그 검 내려놓고 어디로 가시는지요
뜨는 해 다 보고 지는 해도 다 보셨으니
그 외로움, 그 서러운 천형도 다 데리고 가시는지요

긴 잠
— 곡哭 오현스님 2

반나절은 삶에 취하고 반나절은 죽음에 취하시더니
삶도 죽음도 애기처럼 안고 잠드셨네
온몸에 털이 나고, 이마에 뿔이 돋은 짐승 한 마리
포대기를 안고 긴 잠에 드셨네

독작
— 곡哭 오현스님 3

속가 어머니 상여 떠나시던 날
고향집 가까운 여관방에 앉아 곡차나 홀짝이시던 날
　지나가는 말처럼 무덤 자리가 어디더냐고 물으시던 날
　그 자리는 햇볕 잘 들고, 사과나무 잘 크는 곳이라고 자
랑하시던 날

설악무산雪嶽霧山 대종사 행장行狀

설악을 다 품고도 남을 너른 도량을 지녔으나, 동해의 바닷물을 다 마셔도 모자랄 허기를 안고 일생을 살다 간 운수납자가 있었으니 바로 설악당 무산 대종사라. 스님은 경상남도 밀양의 조曺씨 가문에서 태어나 오현五鉉이라는 이름을 얻었으나 어린 나이에 석釋씨 가문에 입양되어 불문佛門에 들었다. 스님은 훗날 자서의 연보에 "절간 소머슴으로 입산"하였다고 쓰고 있으니, 이 말 속에는 어린 날 출가할 수밖에 없었던 비애와 평생 소를 찾아온 수행자의 발원이 깃들어 있는 것이라. 이는 출가 이후에도 오랫동안 조오현曺五鉉이란 속명을 버리지 아니한 것에서도 알 수 있으니, 그의 비애와 심우尋牛의 깊이를 미루어 짐작할 수 있다. 스님의 자존自存은 평생 놓지 않았던 시 쓰기에서 두드러지는바, 이는 문자를 버리는 석씨 가풍에서는 가히 일탈이라 할 수 있었으나 스님은 심우가尋牛歌를 노래하는 것을 멈추지 않았다. 취모검吹毛劍 날 끝에서 걸어간 스님의 이러한 무애자유無崖自由는, 선禪의 진미를 알았으되 방석을 치워버리고 시詩의 탐미를 알았으되 저잣거리로 가는 길을 끊어버린 채 홀로 우뚝한 독좌대웅봉獨坐大雄峰으로 나아갔으니 훗날 우리 불교와 문학의 역사에

서 독존獨存의 자리가 마련될 것이다. 스님은 일찍이 무애
자유한 삶을 살다 홀연히 자취를 감춘 경허성우鏡虛惺牛의
뒤를 따르고자 하였으나 끝내 자신을 따르는 문도들과의
신의를 저버릴 수 없어 탄식 속에 인생의 절반을 설악산
에서 주석하였다. 스스로 안개 속에 몸을 숨긴 채 홀로 자
유자재하는 봉우리가 되었으나 매일 밤 저 멀리서 철썩철
썩 들려오는 동해의 파도 소리는 어찌할 수가 없는 것이
라, 밤늦도록 심우가를 부르며 시 쓰기를 멈추지 않았다.
말년에 이르러 속명을 버리고 자호自號를 설악雪嶽과 대충
大蟲, 법명法名을 무산霧山이라 확정하였으니, 비로소 평생
부르던 소를 놓아준 격이었다. 이 무렵, 스님은 일생을 되
돌아보며 쓴 시 「나의 삶」에서 다음과 같이 노래하였다.
"내 평생 찾아다닌/ 것은/ 선禪의 바닥줄/ 시詩의 바닥줄
이었다.// 오늘 얻은 결론은/ 시는 나무의 점박이결이요/
선은 나무의 곧은결이었다." 실로 스님의 생애는 곧은결
과 점박이결이 함께하고 있으니, 무발無髮이든 유발有髮이
든 삶의 바닥줄을 구하는 자가 있다면 설악산 깊은 골짜
기에 홀로 우뚝한 낙락장송을 만져볼 일이다.

　비록 스님을 따라 출가사문出家沙門의 길을 걷지는 못하
였지만 깊은 밤, 아무도 없는 내설악 백담사 무금선원無今
禪院에서 스님으로부터 무인無人이란 법명을 받은 유발상
좌 이홍섭은, 스님 입적 후 6년 만인 오늘에 이르러 엎드

려 행장을 쓰고 있으니 무애무득無崖無得하셨던 스님께서는 부디 노염을 푸시고, 그토록 원하셨던 적멸에 드시길 삼배 발원하옵나이다. 2024년 여름 유발상좌 무인 이홍섭이 시에 새겨 추모하다.

옛 백담사

노스님 보고 싶어
백담계곡을 오르네

입적하신 지 삼 년

여전히 반석은 희고
자작나무는 하얗고
열목어의 두 눈은 붉기만 한데

걸음 빠르신 노스님은
벌써 백담사에 닿으셨나

청맹과니 손을 잡고 오르던
다 쓰러져가던
옛 백담사

마디마디 골병든 진달래와
오늘도 진달래를 달래주는 노란 산수유와
하늘 아득히, 펑펑 터지는 하얀 산목련

안거 安居

노스님이 하안거를 끝내고 곡차를 드시면
나는 세간으로 내려와 술을 작파하고 주안거에 들었다

처음으로 생사에 사무쳤던 열여덟
사흘들이 경월소주 한 병 들고
긴 긴 남대천 갱변에 나갔었는데

그때 내 첫 입술을 앗아간 푸른 술병은
흘러흘러 지금쯤 바다에 다 닿았을까

어느덧 노스님은 서쪽으로 긴 긴 만행을 떠나시고
나는 물어물어 다시 동쪽으로 돌아왔지만
오늘은 오던 길을 돌려 빈 병처럼 서녘 놀을 바라본다

야생*

야밤에
불현듯 깨어나
시를 쓰는 날이 잦다

부모님은 살아 계시고
아이는 아직 어리고

갈 길은 먼데

벌떡 일어나
자기 가슴을 치는
고릴라처럼

궁한 귀신**처럼

나는 무엇을 끄적이려 하는가

화살은 이미
활시위를 떠났고

서녘 노을 아래
빈 과녁들만 어지러운데

나는 왜
불현듯 깨어나
시를 쓰고 있는가

꿈꾸다 죽은 노인***보다
꿈을 죽인 노인으로

자기 가슴이 다 부서진
고릴라처럼

그렇게 살다가
가고 싶은데

이 야밤에
시는 왜 다시 찾아오는가

* 아생我生 : 매월당 김시습 시 제목에서 차용.

** 궁한 귀신 : 매월당 김시습 시 「아생」의 "사작궁귀료死作窮鬼了"에서 차용.

*** 꿈꾸다 죽은 노인 : 「아생」의 "당서몽사로當書夢死老"에서 차용.

시인의
산문

종소리를 머금다

종소리를 머금다

이홍섭

1. 문득, 종소리

오래전, 기억의 저편에 해질녘에 들었던 종소리가 아직
도 남아 있다. 작은 도시의 한복판에 자리 잡고 있던 사원
에서 퍼져 나오던 그 저녁 종소리는 사람들의 마음을 일
순 평화롭게 만들었고, 마치 비단 천을 덮듯 천천히 도시
의 하루를 쓸어 담았다.

신기하게도 그 종소리가 그친 뒤에는 사람보다는 다른
생명이 주인공이 되었다. 바람 소리, 소나무 쏠리는 소리,
물결 소리, 귀뚜라미 소리, 개 짖는 소리가 살아났고, 나무
와 풀의 냄새도 깊숙이 들어왔다. 저녁 종소리는 숱한 탐
욕과 분노와 어리석음에서 뿜어져 나오는 잡소리들을 잠
재우면서, 잊었던, 혹은 저쪽으로 밀려났던 생명과 감각

들을 다시 살아나게 했다.

　며칠 전, 문득 그 저녁 종소리가 그리워졌다. 이제 도시의 사원에서는 저녁 종을 치지 않는다. 아니 어쩌면 아직도 치고 있는데 나에게까지 들리지 않는지도 모른다. 예전보다 저녁은 훨씬 늦게 오고, 밤낮의 구별도 거의 없어졌으니 이제 저녁 종소리는 그 의미가 무색해졌다. 더불어 사람이 주인공인 시간도 그만큼 길어졌고, 다른 생명은 뒷전으로 뒷전으로 밀려나버렸다. 그런데 뜬금없이 난 왜 그 저녁 종소리가 그리워지는 것일까.

2. 산사의 종소리

　내설악 백담사에서 절밥을 축내던 시절이 있었다. 처음 백담사에 올라갔을 때는 건물이 달랑 네 동밖에 없었다. 밤이면 별들이 머리 바로 위까지 내려왔다. 포도처럼 딸 수 있을 것 같았다. 물소리와 별 소리와 바람 소리가 그냥 하나였다. 종소리도 예외가 아니었다.

　백담사 중창이 진행되던 어느 해 봄, 널리 이름이 알려진 소설가 한 분이 며칠 동안 유숙한 적이 있었다. 사진에서 뵈었던 모습보다 살이 훨씬 많이 빠지신 그분은 아침이면 경내를 천천히 걸어 다니시곤 했다. 침묵이 그림자처럼 길게 따라다녔다. 나도 그 그림자를 존중해 내려가실

때까지 따로 인사를 드리지 않았다.

그러던 어느 날, 우연히 그분이 요사채 마루 끝에 앉아 계신 모습을 보았다. 마침 저녁 종소리가 들렸는데 그분은 마치 종소리를 천천히 거두고 계신 것 같았다. 그 길던 그림자도 치마폭에 싸이듯 종소리 속으로 빨려 들어갔다. 순간 '절대 고독'이란 말이 떠올랐다. 처음으로 '적멸'이 만져졌다.

그분이 내려가고 얼마 뒤 부음을 들었다. 백담사에 올라오셨을 때는 이미 병이 깊으신 뒤였다는 것을 알게 되었다. 나는 비로소 그분의 뒤를 따라다니던 긴 그림자를 이해하게 되었다. 그분의 부음을 들은 얼마 후, 나는 아래와 같은 시를 쓰게 되었다.

요사채 마루 끝에 누군가 홀로 앉아 있었다

낡은 석탑을 돌던 종소리가 천천히 몰려가
그분의 주위를 가만히 감싸기 시작했다

볼이 홀쭉한 그분은 마치 종소리를 포개고 있는 연잎 같았다
다 포개면, 종을 닮은 분홍빛 연꽃 봉오리 하나 피어날 듯했다

얼마 뒤, 그분이 세상을 떠났다는 소식을 들었다

그때가 생의 마지막 여행이었다고 했다
　　―「저녁 종소리」전문

3. 울음과 쇠북

　‘쇠북’을 사전에서 찾아보면, ‘쇠로 된 북’ 즉 ‘종’을 이르는 말로 소개하고 있다. 그러나 요즘은 일반적으로 종이라 여기는 둥근 종을 ‘범종’으로, 북처럼 생긴 작은 종을 ‘쇠북’으로 각각 구별하여 부른다.

　절밥 축내는 것을 그만두고 세간의 밥을 먹기 시작했을 무렵, 어느 날 갑자기 ‘쇠북’이라는 시어가 떠올랐다. 산사에 있을 때는 단 한 번도 떠오르지 않은 단어였는데 신기할 뿐이었다. 내가 왜 산으로 올라갔는지, 또 그 이전 사춘기 시절에는 왜 집을 떠나 바닷가를 헤매고 다녔는지 해명을 하고 싶었다. 해명이 될 수 있을까. 당시도 그랬지만, 지금도 다만 알 수 없을 뿐이다. 나는 그냥 아래와 같은 시를 썼다.

　오동꽃이 왔다
　텅 빈 눈 속에

　이 세상 울음을 다 듣는다는 관음보살처럼

그 슬픈 천 개의 손처럼
가지마다 촛대를 받치고 섰는 오동나무

오랜 시간 이 신전 밑을 지나갔지만
한 번도 불을 붙인 적 없었으니

사방으로 날아가는 장작처럼
그 덧없는 도끼질처럼
나는 바다로, 깊은 산속으로 떠돌았다

내 울음을 내가 들을 수는 없는 일
自己를 붙잡고 운 뒤에야
울음이 제 몸을 텅 텅 비우고 난 뒤에야
쇠북처럼 울음은 비로소 가두어지고

먼 곳에서 오동꽃이 왔다
갸륵한 신전이 불을 밝혔으니
너는 오래오래 울리라
— 「오동꽃」 전문

4. 배고프다는 것

어쩌됐건 절밥을 축냈으니, 절집 식으로 얘기하면 나에

게는 생, 노, 병, 사에 대한 질문이 많았다고 할 수 있다.
질문이 많을수록 허기는 더 깊어졌고, 그 허기가 장작처
럼 나를 사방으로 날아가게 했다. 도끼질을 한 사람은 누
구인가, 이런 질문을 했던 것 같은데 더는 나아가지 못했
다. 그냥 지금도 배가 고플 뿐이다. 여전히 배고픈 소년으
로 집으로 가고 있을 뿐이다. 아래 시는 이 배고픔의 이력
같은 것이다.

1
어릴 때, 강 건너 산 위에 화장터가 있었다
이따금 연기가 피어오르면
지나가던 구름도 잠시 가던 길을 멈추곤 했다
구름이 다시 가던 길을 가면 배고픈 저녁이 왔다

2
어머니는 마지막 길 떠나는 외할머니의 관 위에 손을 얹으시고는
깊은 산속 나뭇가지 끝에서 우는 새처럼
높고 긴 울음을 우셨다
그날 이후 새소리는 다 슬펐다

3
노스님의 육신이 장작 속에 묻혔다
빙 둘러선 스님들이 불방망이를 들고 일제히 불을 붙였다

스님들이 다 돌아간 뒤에도 장작은 밤새 타올랐다
모든 게 재가 된 뒤에야 불은 꺼졌다

4
구름이 다시 가던 길을 가는 저녁
새는 나뭇가지 끝에서 울고
서쪽 하늘은 불 먹은 듯 붉게 타오른다
배고픈 소년 하나가 털레털레 집으로 돌아가는 길
― 「배고픈 저녁」 전문

5. 종소리를 머금다

문득 종소리가 떠올랐을 때, 시가 종소리를 담는 것이
아닌가 하는 생각을 해보았다. 종을 누가 치는가 하는 질
문은 저 산속의 수좌들이 깨치고자 하는 화두 속에나 있
는 것이고, 시인은 다만 건달처럼 그 종소리를, 그리고 그
외의 숱한 종소리를 부단히 담아낼 뿐이다. 화장터의 연
기도 종소리고, 어머니의 울음도 종소리고, 노스님의 재도
종소리다. 구름과 새와 서쪽 하늘도 참으로 아름다운 종
소리이다. 시인은 하루하루 그 종소리에 귀 기울이고, 그
것을 최선을 다해 담아내는 존재가 아닐까. 배가 고파서,
늘 허기가 져서 그 종소리로 배를 채워야만 살 수 있는 존

재가 아닐까.

좋은 시는, 아니 내가 쓰고 싶은 시는 이 종소리가 시의 안팎에서 울려 퍼지는 시다. 종소리의 시작도 아니고, 종소리의 끝도 아닌, 늘 종소리가 웅웅한 시, 종소리를 머금고 있는 시 말이다. 그러기 위해서는 부단히 내 몸을 종소리가 울려 퍼지는 길목에 두어야 할 것이다. 그래야만 종소리를 머금을 수 있지 않겠는가.

종소리 잡으러 왔다가
종소리 잡으러 간다

종은 누가 쳤는가
종소리는 어디까지 가는가

헐레벌떡 여기까지 온 것은
종소리 잡으러

종소리 끝나면
나의 삶도 끝나, 끝끝내 끝나고 말아

종소리 잡으러
종소리 잡으러
—「종소리 잡으러」 전문

달아실에서 펴낸 이홍섭의 시집

『검은 돌을 삼키다』(2017)

달아실시선 84

네루다의 종소리

1판 1쇄 발행	2024년 10월 25일
지은이	이홍섭
발행인	윤미소
발행처	(주)달아실출판사
책임편집	박제영
기획위원	박정대, 이홍섭, 전윤호
편집위원	김선순, 이나래
디자인	전부다
법률자문	김용진, 이종진
주소	강원도 춘천시 춘천로 257, 2층
전화	033-241-7661
팩스	033-241-7662
이메일	dalasilmoongo@naver.com
출판등록	2016년 12월 30일 제494호